First American Spanish Language Edition 2019
Kane Miller, A Division of EDC Publishing

Copyright © 2015 Courtney Dicmas
Spanish translation by Ana Galán

First American English Edition published in 2018 under
the title "Lemur Dreamer" by Kane Miller, A Division
of EDC Publishing. First published in the UK in English
in 2015 by Templar Publishing, part of the Bonnier
Publishing Group.

For information contact:
Kane Miller, A Division of EDC Publishing
www.kanemiller.com
www.usbornebooksandmore.com
www.edcpublishing.com

Library of Congress Control Number: 2018955071

Printed in Malaysia
1 2 3 4 5 6 7 8 9 10

Para Martin, Pam y Jin Cho Youn

—¡No puedo mirar!

EL LÉMUR SOÑADOR

Courtney Dicmas

Kane Miller
A DIVISION OF EDC PUBLISHING

Los residentes del número 32 de la calle Guijarro
tenían una vida normal y corriente.

Bueno, todos menos uno.

Luis, que vivía en
la última planta,

tenía la mala costumbre...

¡de caminar sonámbulo!

Todas las noches, mientras seguía profundamente dormido, Luis salía por la puerta, se paseaba por todos los apartamentos y después volvía a su cama.

Al principio a nadie le parecía un problema.

Los vecinos eran muy comprensivos.

Pero a medida que pasaba
el tiempo,

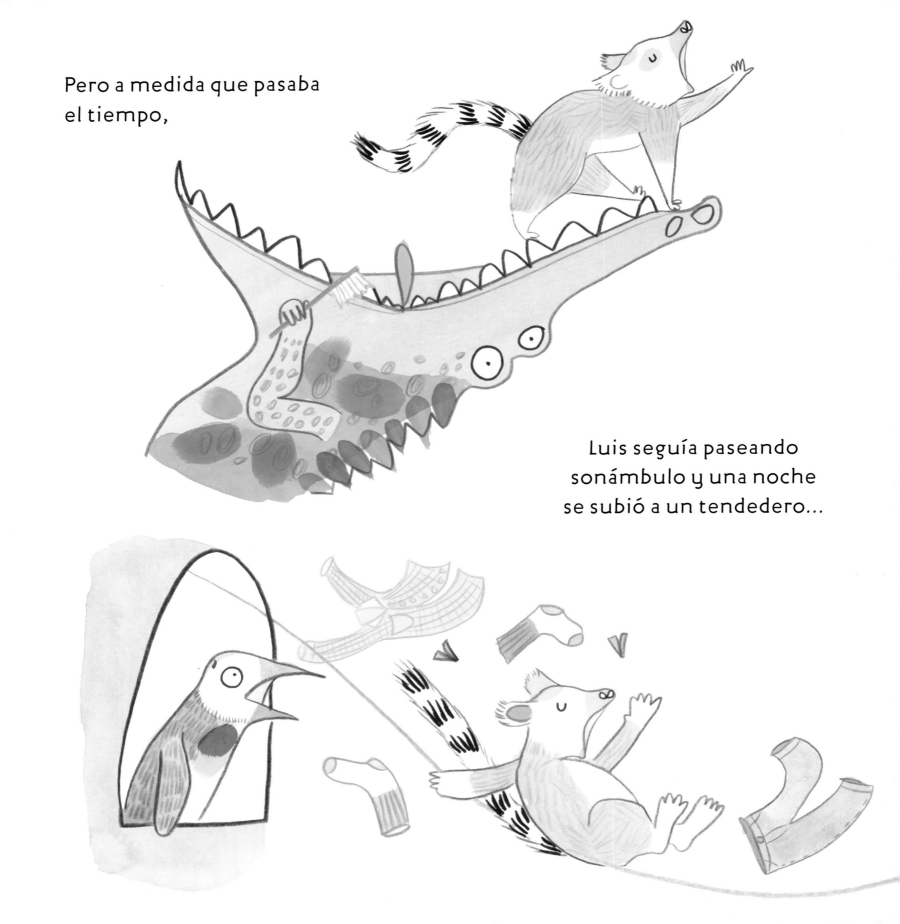

Luis seguía paseando
sonámbulo y una noche
se subió a un tendedero...

¡y acabó en medio
de la calle Guijarro!

sssh

Ahora sí que tenían un problema.
—¿Adónde va Luis? —susurraban sus amigos—. ¿Qué hacemos?

—Solo podemos hacer una cosa —dijo Pajarito—:
Tenemos que acompañarlo.

Nadie sabía qué estaba soñando.

Pero fuera lo que fuera...

y estuviera donde estuviera...

sus amigos valientemente lo seguían.

Hasta que de pronto...

Luis llegó al final de un acantilado.

—¡¡¡DESPIÉRTATE, LUIS!!!

—gritaron sus amigos.

Pero Luis seguía profundamente dormido.
¿Conseguirían salvarlo a tiempo?

¡UUUF!

Una vez a salvo, Luis se sentó,
parpadeó dos veces y BOSTEZÓ.

—¡Anoche tuve un sueño GENIAL! —dijo.

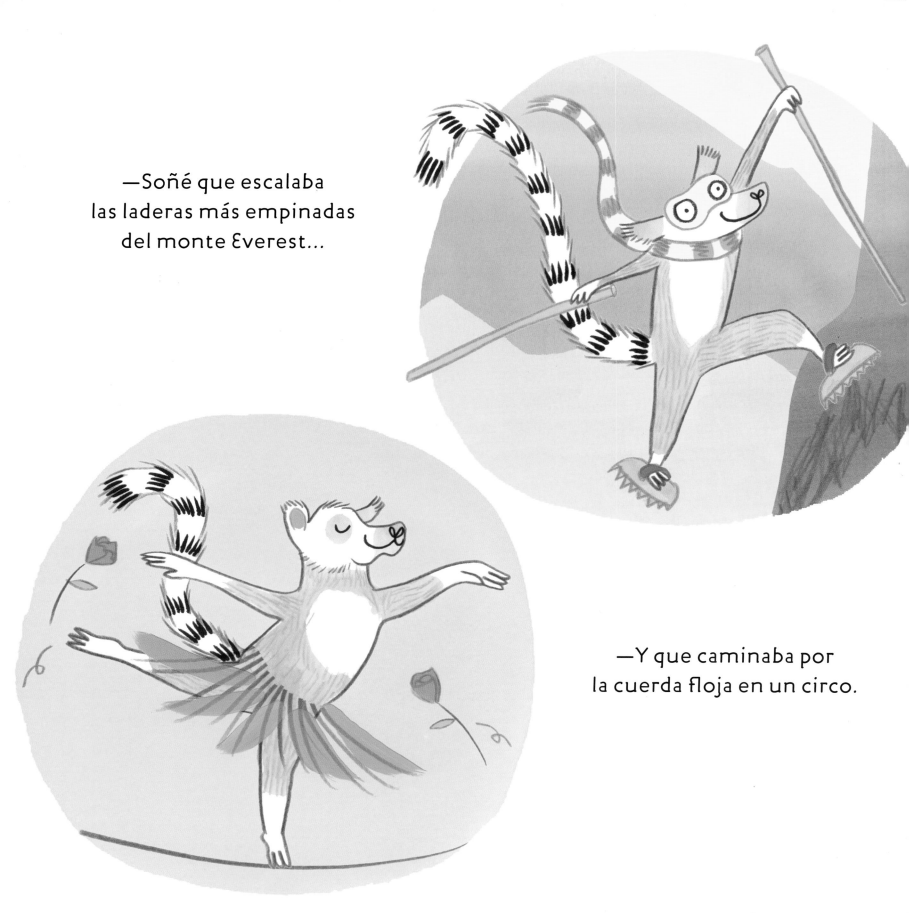

—Soñé que escalaba
las laderas más empinadas
del monte Everest...

—Y que caminaba por
la cuerda floja en un circo.

—Y de pronto, cuando estaba
a punto de ir a bucear
al Gran Arrecife de Coral,
algo me detuvo.

—Pero, ¿dónde estoy?
¿Qué hacen ustedes aquí?

—Espera un momento...

—¡Volví a pasear sonámbulo!

Luis se sentía muy mal. Les había causado muchos problemas a sus amigos. Pero a ellos no les importaba. Querían mucho a Luis, a pesar de sus paseos nocturnos y de sus ronquidos.

Para animarlo, al día siguiente, sus amigos decidieron hacerle un regalo muy especial.

Algo para que estuviera a salvo, soñara lo que soñara.

Porque para eso están los amigos.